THÉATRES.

LIBERTÉ, LIBERTÉ!!

PAR DUPUIS DELCOURT.

Le monopole crée la fortune de quelques-uns ;
la liberté fait la fortune de tous.

Paris.

CHEZ TOUS LES MARCHANDS DE NOUVEAUTÉS.

1830.

IMPRIMERIE DE CH. DEZAUCHE,
FAUB. MONTMARTRE, N. 11.

UN MOT AVANT.

J'allais partir pour la Hollande où je me rendais en qualité d'administrateur du théâtre d'Amsterdam, quand les événemens de juillet sont arrivés. Français et amant de la liberté, je n'ai point hésité à servir de tout mon pouvoir la cause de l'indépendance. Je me suis mis de la partie, chacun en a fait autant, et le triomphe des trois jours est résulté de l'admirable unanimité de nos efforts.

Retenu depuis à Paris par suite de ma correspondance avec M. Aug. Nourrit, et fâché de voir les théâtres seuls rester étrangers aux améliorations qui s'opéraient dans toutes les parties de l'administration, j'écrivis dans l'intention de les adresser au ministre de l'intérieur, les lignes suivantes.

La nomination d'une commission chargée de régler le sort des théâtres, rend en quelque sorte inutile l'envoi que je projetais; je n'en livre pas moins ma brochure au public. Aujourd'hui plus que jamais chacun doit à tous le tribut de ses connaissances. Une idée émise peut amener la publication d'une idée meilleure, et la discussion ne saurait être éclairée que par la diversité d'opinions.

THÉÂTRES.

La liberté n'est plus un vain nom ; elle existe de fait : nous sommes libres, les arts le sont aussi.

Partant, plus de priviléges. La Charte les a tous annulés.

Les arts font partie des institutions politiques, car ils exercent une influence bien marquée sur l'homme ; ils parlent aux sens, exaltent les passions ; à ce titre, ils doivent participer aux réformes et aux perfectionnemens des manières de gouverner.

Trop long-temps les sciences et les arts ont gémi sous le joug de ces vieilles formes que notre glorieuse révolution, il faut l'espérer, vient d'anéantir pour toujours.

Liberté pour tous les théâtres. Liberté pour le poète, l'artiste ; liberté de former une entreprise dramatique comme on entreprend toute autre spéculation.

Les académies, qui ne sont qu'un genre particulier de priviléges, ont aussi besoin de réforme.

Corporation de savans, de charbonniers ou de moines, sont toujours des sociétés particulières dont les intérêts privés s'accordent rarement avec les besoins généraux de la société, avec lesquels l'exemple de tous les pays, de tous les temps les montre presque toujours en opposition.

Pour ne parler que des théâtres, voyez l'origine des priviléges, sans lesquels jusqu'aujourd'hui on était considéré comme *incapables* pour en élever.

L'aigle en déployant ses ailes avait étendu comme un vaste réseau sur la France; la représentation nationale était nulle; la victoire et les conquêtes tenaient le peuple sous le charme; tout ce qui n'était point peuple était courtisan, et pendant que le maître subjugait et enchaînait l'Europe, on emmaillotait en son nom les arts et les artistes.

Comment cette prétendue classification de théâtres et de genre, fruit du despotisme impérial, a-t-elle pu survivre au règne qui l'avait inventée?

Le but des restrictions apportées par Napoléon à l'exploitation des théâtres, toutefois, avait alors une apparence de raison que les faits sont venus démentir. La théorie a failli, ici, devant l'événement, et en matière d'art, l'expérience vaut mieux que tous les raisonnemens du monde. On colora l'odieuse mesure qui ordonnait la fermeture et la suppression de plus de vingt théâtres, de l'*intérêt de l'art dramatique*. On prétendait que l'art, le public, et les théâtres eux-mêmes, ne pouvaient que gagner à la centralisation et à la réunion des talens disséminés sur un grand nombre de scènes. Le projet effectué, on ne tarda pas à s'apercevoir qu'on s'était trompé ; les théâtres, certains par leurs priviléges d'avoir un public qui ne pouvait plus aller ailleurs, se négligèrent tout en augmentant le prix des places au bureau. Les artistes en possession de la faveur publique élevèrent leurs prétentions à un taux exhorbitant, et les pépinières où se formaient les acteurs et où l'on pouvait les recruter se trouvant fermées, il fallut subir l'exigence de ceux qui voyaient leur talent faire la fortune des entrepreneurs.

Le décret du 8 août 1807 réduisit momentanément

à la condition la plus misérable un grand nombre d'artistes, et tout un peuple d'ouvriers et d'employés que faisaient vivre ces entreprises.

Et cependant ce décret qui limitait à huit le nombre des théâtres de Paris, ne tarda pas à être transgressé par le même ministre qui l'avait rédigé.

L'article 4 était ainsi conçu :

« Le *maximum* du nombre des théâtres de notre
» bonne ville de Paris est fixé à huit. En conséquence,
» sont seuls autorisés à ouvrir, afficher et représenter,
» indépendamment des quatre grands théâtres men-
» tionnés en l'article 1er du règlement de notre minis-
» tre de l'intérieur, en date du 25 avril dernier (l'Opé-
» ra dit alors *Académie Impériale de Musique*, le
» *Théâtre-Français*, l'*Opéra-Comique* et l'*Odéon*),
» les entrepreneurs et administrateurs des quatre théâ-
» tres suivans :

» 1° Le théâtre de la Gaîté, établi en 1760.

» Celui de l'Ambigu établi en 1772 boulevard du
» Temple, lesquels joueront concurremment les pièces
» désignées aux § 3 et 4 de l'article 3 du règlement de
» notre ministre de l'intérieur.

» 2° Le théâtre des Variétés, boulevard Montmar-
» tre, établi en 1777.

» Le théâtre du Vaudeville, établi en 1792.

» Lesquels joueront concurremment les pièces du
» même genre désignées aux § 3 et 4 de l'article 3 ».

L'article 5 disait en outre que tous les théâtres non autorisés par l'article précédent, seraient *fermés avant le 15 août*.

Contrairement à cette disposition on toléra l'existence du *Cirque-Olympique*, que son titre avait protégé contre la mesure qui supprimait tous les *théâtres*, et qui néamoins se mit bientôt à jouer des pantomimes équestres, puis des pantomimes dialoguées, puis enfin des mélodrames déguisés sous la dénomination de mimodrames.

Le ministre de l'intérieur autorisa ensuite la réouverture du théâtre de la Porte-Saint-Martin, sous le titre de *Jeux Gymniques*, et celui du Palais-Royal sous celui des *Jeux Forains*.

Différens ministères se succédèrent qui, sans avoir égard au décret de Napoléon, et par la force des choses, changèrent presque toujours, pour les amplifier, la nature des priviléges accordés, puis accordèrent eux-mêmes, en différens temps et successivement, les priviléges de quatre nouveaux théâtres, dont le dernier n'est pas encore ouvert, et qui sont :

Le Panorama dramatique,

Le Gymnase,

Les Nouveautés,

Les Folies dramatiques, pour lesquelles une salle s'élève au boulevard du Temple, sur l'emplacement de l'ancien ambigu.

En outre, nous eûmes les théâtres étrangers; les Italiens largement privilégiés, encouragés et soutenus au détriment des théâtres nationaux.

Puis les Anglais, les Allemands.

Enfin, indépendamment des quatorze théâtres que je viens de nommer, on autorisa l'établissement des divers spectacles suivans :

1° Les jeunes élèves de M. Comte;

2° Le théâtre de Mme Saqui;

3° Celui des Funambules;

4° Le prétendu *spectacle forain du Luxembourg*, qui donne des vaudevilles, joue la tragédie en prose, et cache sous le modeste titre de *théâtre Bobino* la prospérité de ses actionnaires.

Il ne faut point oublier le privilège des *théâtres de la Banlieue* donné aux frères Seveste, qui ont établi autour de Paris six théâtres sur lesquels on joue tous les genres, depuis l'opéra et la haute tragédie jusqu'au vaudeville Grivois ; avantage immense que n'ont pas les théâtres de Paris. Cette mesure désastreuse a été un coup de fortune pour les entrepreneurs des théâtres de la Banlieue, dont les succès sont encore marqués chaque jour par la construction de nouvelles salles de spectacle.

Ainsi le décret de 1807 a privé des hommes laborieux, propriétaires légitimes d'entreprises élevées à grands frais, du fruit de leur travail, puis sont intervenus la cour et les hommes de faveurs qui ont distribué des privilèges à leurs amis, et rétabli successivement un ordre de choses qu'on n'avait pu détruire sans causer la ruine d'un grand nombre de familles.

Un semblable état de choses ne saurait continuer sous l'empire du régime légal dans lequel nous entrons.

Il faut, ou rappeler les théâtres à l'organisation de 1807, et conséquemment supprimer vingt de ces établissemens, y compris les théâtres de la Banlieue, ou permettre qu'il s'en élève de nouveaux, et accorder à tous une égale liberté.

C'est ce dernier parti que doit prendre le gouvernement.

Quel bien ont jusqu'ici produit les privilèges ?
Aucun.

Sous le rapport de l'art : les progrès du théâtre ont été presque nuls. L'art dramatique a été, pour ainsi dire, stationnaire en France, si même il n'a dégénéré ; à moins, toutefois, qu'on ne veuille continuer à prétendre que les *jeunes hommes* et *Hernani* ont régénéré la littérature dramatique.

Sous le rapport administratif, sous celui de l'ordre et de l'intérêt commun, les privilèges n'ont produit aucun bien, car les théâtres, à l'exception d'un bien petit nombre, ont marché de culbutes en culbutes, de faillites en faillites. — Que d'entrepreneurs et d'actionnaires ruinés depuis trente ans !

On peut hardiment passer l'examen de tous les théâtres : les exemples ne manqueront pas.

L'Opéra (à tout seigneur tout honneur) doit être mis hors de ligne, puisque le gouvernement verse dans sa caisse lyrico-dansante plus de 800,000 fr. par année, pour combler le déficit qui résulte de l'élévation des dépenses comparé aux recettes.

Les Français ne se soutiennent que par les sacrifices que font annuellement les artistes qui l'exploitent, et aussi parce que ce théâtre possède des rentes particulières provenant de dotations dues à la munificence de Napoléon.

On connaît le sort de l'Odéon et des administrations éphémères qui se sont si rapidement succédées, dans ces dernières années, les unes aux autres : aucune n'a pu se soutenir malgré le tribut que ce *théâtre royal* perçoit sur les recettes de l'heureux *théâtre Bobino*, son voisin, lequel n'est point subventionné, n'est mis sous la surveillance d'aucun *commissaire royal*, ni d'aucun *chargé*, et n'en marche pas plus mal.

Enfin l'Opéra-Comique, que son genre éminemment national aurait dû préserver du naufrage, en a fait trois en cinq ans; et un manque d'engagement inouï, une faillite scandaleuse est sur le point de se consommer. Cependant cet établissement est un *théâtre royal*, *privilégié* et *subventionné*; le choix de son directeur est *soumis à l'autorité* : et l'on prétend néanmoins faire perdre à des créanciers de bonne foi une somme de plus de cent mille écus qui leur est bien légitimement due pour leur travail, ou pour fournitures d'objets ayant servi, et *qui servent encore* à l'exploitation du théâtre; point! non, non; l'équité, la saine raison et les tribunaux en décideront autrement. Si M. Ducis, dernier directeur, eut été un entrepreneur ordinaire, les employés, marchands et fournisseurs, n'auraient pas eu en lui la confiance qu'ils lui ont témoigné; elle s'adressait, cette confiance, à l'homme de l'autorité, au directeur PRIVILÉGIÉ d'un THÉÂTRE ROYAL. L'autorité, qui paie chaque année les dettes de l'Opéra, pourrait-elle laisser en souffrance celles de l'Opéra-Comique?.... Ce serait monstrueux! Que l'autorité paie, ou les entrepreneurs actuels, continuateurs de l'administration Ducis, et qui jouissent et profitent des bénéfices du privilège de trente années qui lui a été accordé, paieront.

Si, des quatre théâtres royaux, nous passons aux théâtres secondaires, le tableau se rembrunit encore. Aucun d'eux, si ce n'est la GAITÉ, qui compte parmi ses administrateurs l'homme le plus habile, et le plus capable de l'époque pour diriger un théâtre, aucun d'eux n'est vierge de faillite ou de manque d'engagemens.

Une conséquence morale vient puissamment éclairer la question.

Au profit de qui s'exploitait le régime du privilège?

Au profit du bon plaisir de certains hommes de cour qui honoraient les théâtres de leur protection, les administraient ridiculement, et les accablaient de charges en les peuplant de leurs créatures.

L'autorité doit s'affranchir de toute responsabilité en abolissant les privilèges, et rendant la liberté aux théâtres.

Sous le règne de LOUIS-PHILIPPE et des lois, sous le règne de la liberté et de la raison, on doit laisser les citoyens exercer librement leur industrie, lorsqu'elle ne tend qu'au bien et à l'intérêt général.

Ce que je dis là, un homme de bon sens s'est trouvé qui l'a pensé et l'a mis à exécution.

Depuis les événemens de juillet *M. Fresnoy,* ancien acteur de l'Ambigu-Comique, a ouvert sur le boulevard du Temple un théâtre, dit du *Petit-Lazari,* où des artistes, un peu inexpérimentés il est vrai, mais dont le zèle et la bonne volonté ne sauraient être révoqués en doute, puisqu'ils donnent jusqu'à deux représentations par jour, jouent la comédie et le vaudeville.

Rien ne peut donc plus s'opposer au libre établissement des théâtres.

La censure doit également disparaître. Les représentations qui se donnent chaque soir sur nos théâtres, prouvent que le gouvernement, l'ordre ni la morale publique, n'ont rien à redouter des jeux de la scène. Les masses sont éclairées, et feraient elle-mêmes justice de ce qui pourrait, à juste titre, blesser les convenances ou nuire au respect et à la considération qui sont dues à l'autorité.

P. Chaussard écrivait en 1798 : « L'influence de l'art dramatique est aussi puissante que rapide, parce que cet art se compose de la réunion de tous les autres arts ; parce qu'il tire son empire et ses charmes du premier de tous, l'art de la parole ; parce qu'il s'adresse à l'esprit, au cœur, à toutes les passions, à tous les sens ; parce que les émotions des hommes rassemblés sont électriques, contagieuses, profondes ; parce qu'à l'ensemble des moyens les plus vastes, il peut réunir le but le plus utile, celui de changer sans violence, par le seul pouvoir de l'instruction, nos manières, nos usages, nos habitudes, nos mœurs teints encore des préjugés de notre première éducation, et rendre à la fois digne du culte de la liberté, la génération qui finit et la génération qui commence.

« L'observateur a dû calculer la chute ou l'élévation de l'esprit national pour celle du théâtre et de la littérature. Lorsque les prologues adulateurs, les pièces efféminées succédèrent aux drames de Rotrou et de Corneille, les romans remplacèrent les ouvrages politiques du temps de la ligue et de la Fronde.

» Brutus et la mort de César appartiennent à notre siècle.

» Sous la monarchie, l'auteur dramatique ne dût songer qu'à plaire : sous un régime libre, il doit tendre à instruire. Là il n'était souvent qu'un courtisan corrupteur ; il est ici un professeur de morale.

» Observons que les lois hâteront cette régénération, moins par la rigueur que par la bienfaisance des dispositions ; qu'il ne s'agit point de réglemens coërcitifs,

mais d'une police d'encouragement ; que loin de com-
primer l'essor libre, la marche indépendante du génie,
le gouvernement se proposera de le favoriser, de re-
hausser, de relever ses aîles, et non de les livrer aux
ciseaux d'une censure d'autant plus arbitraire, qu'elle
s'exercerait sur des ouvrages de sentimens, sur les
productions de l'imagination (1). »

Plus d'entraves !

Abolition des priviléges et des prétendues classifica-
tions de genres et de pièces ! !

Si le gouvernement croit devoir s'occuper davan-
tage des théâtres, rien ne l'empêche d'accorder à titre
d'encouragement, à ceux qui se seront le plus distin-
gués, des primes qui deviendraient la récompense de la
bonne direction donnée aux jeux de la scène, qui seront offertes comme prix aux auteurs et administrateurs qui auraient fait tourner le plus au profit de
l'intérêt de l'art et de la morale publique, les ouvrages
représentés au théâtre. Bien loin d'exciter l'envie,
d'amener des réclamations et de charger l'autorité de
la responsabilité des dettes des administrations théâtrales, comme l'ont fait les priviléges, ces récompenses
décernées publiquement et avec éclat, stimuleraient
le génie, éleveraient l'art dramatique en contribuant
puissamment à son perfectionnement, et replaceraient
les théâtres au rang qu'ils ont occupé dans l'antiquité.

Rien n'empêche non plus que des mesures conser-
vatrices soient prises dans l'intérêt des artistes, employés et fournisseurs des théâtres. Décidez que les

---

(1) Essai philosophique sur la dignité des arts.

directeurs ou entrepreneurs qui voudront élever un théâtre, seront tenus de faire une déclaration préalable, puis de déposer dans une caisse publique, un CAUTIONNEMENT. Cette manière de procéder, qui n'a rien d'illégal, ne répugnerait à personne, et concilierait tous les intérêts. Les entreprises théâtrales pourraient être divisées en trois sections, ou genres, qui définiraient leur importance, et pour chacun desquels il serait fixé la somme qu'ils auraient à déposer. Dès-lors la gestion serait garantie, et les artistes, employés et fournisseurs, suffisamment prévenus, n'auraient plus à redouter les pertes si souvent renouvelées qu'ils ont eu à subir sous l'empire du privilége et de la faveur.

www.ingramcontent.com/pod-product-compliance
Lightning Source LLC
Chambersburg PA
CBHW061436170626
46811CB00005B/2303